SONNETS PARISIENS

CAPRICES ET FANTAISIES

GABRIEL MARC

—

SONNETS PARISIENS

CAPRICES ET FANTAISIES

PARIS

ALPHONSE LEMERRE, ÉDITEUR

31, PASSAGE CHOISEUL, 31

—

M DCCC LXXV

DÉDICACE

Oubliant un moment l'Auvergne, mon pays natal, je publie aujourd'hui des Rondeaux, des Triolets et des Sonnets Parisiens.

Les lecteurs bienveillants des Soleils d'octobre me pardonneront le ton léger de ce nouveau recueil. Je le dédie à la mémoire de Henri Heine, le grand poëte ironique, et je le place sous la protection de l'auteur des Odes Funambulesques, qui ne m'en voudra pas d'avoir glané quelques épis dans le champ semé et moissonné par lui avec tant de gloire.

G. M.

PRÉLUDE

PARIS!

Quel poëme pourrait te contenir, Paris!

Ville aux cent boulevards, gigantesques vertèbres,

Océan aux aspects splendides ou funèbres,

Où se mêlent les chants, les larmes et les cris.

Quand vous apparaissez à mes regards surpris,

Horizons radieux si voisins des ténèbres,

Fourmillements humains ignorés ou célèbres,

Je transcris ces essais d'enfant avec mépris.

Un autre bâtira l'immense cathédrale,

Avec sa flèche d'or, sa voûte sépulcrale,

Sa nef, ses lourds piliers, ses tours et ses vitraux.

Pour moi, chantant des airs doux ou funambulesques,

Je sculpterai dans l'ombre, au front des chapiteaux,

Quelque monstre entouré de fleurs et d'arabesques.

SONNETS PARISIENS

PAYSAGE.

A JOCELYN BARGOIN.

Le long du Bas-Meudon, par les soleils d'avril,
La Seine est scintillante et claire. Les feuillages
Tendres et vaporeux s'accrochent aux treillages,
Et, joyeux, les oiseaux reprennent leur babil.

L'air est frais; et l'on sent comme un parfum subtil
De séve qui déborde. Échappés aux mouillages,
Des canots bigarrés mêlent leurs fins sillages,
Et l'eau, comme un miroir, reflète leur profil.

Dans les îlots touffus, pleins d'herbes et d'arbustes,

Les saules aux tons gris près des chênes robustes

Ont l'air, tout frissonnants, d'être peints par Corot.

On ne songerait plus à la cité voisine,

Si l'on ne voyait poindre, au-dessus d'un îlot,

La cheminée énorme et rouge de l'usine.

LE SQUARE

Je visite souvent les squares encombrés

De bonnes, d'ouvriers, d'enfants, de militaires.

Le square est le jardin chéri des prolétaires,

Qui ne connaissent pas les forêts et les prés.

Çà et là sur les bancs, quelques vieux désœuvrés

Rêvent, les yeux fixés sur les fleurs des parterres,

Courbés sur leurs bâtons, ou marchent solitaires,

Épiant les derniers soleils décolorés.

Comme un galant Sylvandre auprès de Cydalise,

Un jeune fantassin cause avec sa payse,

Le long du petit lac entouré de ciment.

Cependant un beau cygne à l'ombre d'un grand vase,

Seul, immobile et fier, mélancoliquement

Regarde les canards se vautrant dans la vase.

DEMOLITIONS

Les antiques hôtels noircis par les années
Sous les coups des maçons tombent de toutes parts.
Ils gisent sur le sol et leurs débris épars
Ont l'aspect douloureux des choses ruinées.

Comme leurs habitants, ils ont leurs destinées.
Leurs murs, que décoraient les chefs-d'œuvre des arts,
Près de l'affiche énorme, étalent aux regards
Le sillon régulier et noir des cheminées.

Au milieu des débris, aux chauds rayons d'été,
Un carré de jardin par hasard respecté
Sourit, insoucieux de ces métamorphoses;

Et, malgré l'air poudreux qui viendra les ternir,
Un rosier au soleil épanouit ses roses —
Tel parfois dans mon âme un lointain souvenir.

EFFET DE LUNE

A ANATOLE FRANCE.

La rivière aux flots bleus rêve les soirs d'été.
Elle dessine au loin sa courbe gracieuse
Pour se perdre dans l'ombre ; et le saule et l'yeuse
Reflètent leurs rameaux dans sa limpidité.

L'air est sans bruit, le ciel plein de sérénité.
La rive se recueille et dort silencieuse.
Tout repose. Voici l'heure mystérieuse
Faite de solitude et d'immobilité.

Ce calme est solennel et triste. La pensée

Vers le monde idéal flotte comme oppressée.

Parfois, pour animer ce repos accablant,

Un martin-pêcheur vole, en rasant le feuillage,

Et, sur l'onde où la lune étincelle en tremblant,

Un étroit canot glisse avec son long sillage.

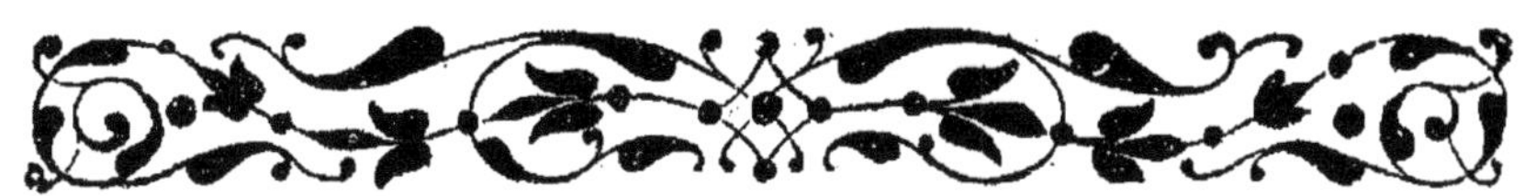

LES CAFÉS CHANTANTS

Ayant laissé l'outil, la palette ou le livre,
Ils boivent en fumant. Des femmes aux seins nus,
Sur la scène en plein vent, montrent leurs bras charnus,
Et beuglent aux accords des instruments de cuivre.

Anges déchus ! Ce faux triomphe vous enivre,
De parader aux yeux de flâneurs inconnus.
Le ciel est pur. Voici les beaux jours revenus,
Et vous n'y songez pas — hélas ! il faut bien vivre.

Vous qui les écoutez en bâillant, travailleurs,

Vous venez perdre ici vos instants les meilleurs.

Votre corps s'alanguit et votre esprit sommeille.

Préférant le tumulte et les cafés chantants

Aux murmures discrets de la forêt vermeille.

Vous dites : Il faut bien, hélas ! tuer le temps.

LE GARDIEN DES DÉCOMBRES

A EUGÈNE MIR.

C'est une nuit d'hiver. La rue est noire. Au loin
Un bruit de bal. Il pleut. Le gardien a pour siége
Une pierre. Il est là, veillant — par privilége —
Sur le falot blafard qui tremble dans un coin.

C'est un vieux. A la ferme il couchait dans le foin.
Plus tard, étant soldat, il coucha dans la neige.
Il est là maintenant et rien ne le protége.
Immobile, muet, il souffre sans témoin.

Il pleut. Las de veiller dans ce jour triste et blême,

Son corps appesanti s’affaisse sur lui-même.

Il dort dans le brouillard comme dans un linceul.

Il dort et dans son rêve il entend la voix douce

De celle qui depuis longtemps l’a laissé seul.

Cependant un coupé de maître l’éclabousse.

A LA FRÉGATE

Toi qui devrais bondir sur la mer, ô frégate,

A travers la mitraille et les flots irrités,

Quel triste sort te rive aux pierres des cités,

Et te pend une enseigne au front, comme un stigmate ?

Morne, ainsi qu'un oiseau retenu par la patte,

Tu regrettes l'azur et les immensités.

Le bourgeois se prélasse en tes flancs attristés,

Et ta quille a des airs navrés de cul-de-jatte.

Le batelet t'insulte et le lourd remorqueur,

En rampant devant toi, te lance un cri moqueur.

Oh! qui pourra sonder ton destin sans exemple?

Ta cale désormais sert aux ablutions ;

Ta proue est enchaînée, et ta hune contemple

La Caisse des Dépôts et Consignations !

SURSUM CORDA

A LOUIS DIÉMER.

L'immense cathédrale est en fête. Le soir,

A travers les vitraux, émaille le mur sombre.

Dans le chœur rayonnant que le chapitre encombre,

Je vois l'autel en feux où brille l'ostensoir.

L'orgue gémit ou chante un cantique d'espoir,

Comme une voix d'enfant qui se cache dans l'ombre,

Et la nef où se presse une foule sans nombre,

A toutes ces clartés fait un vaste fond noir.

Ainsi, dans sa splendeur j'admire Notre-Dame.

Je sens l'esprit d'en haut pénétrer dans mon âme,

Et j'entrevois du ciel comme un vague reflet.

Pendant qu'en ces hauteurs mon rêve se hasarde :

« Pour l'église et les frais du culte, s'il vous plaît. »

Dit le Suisse en frappant avec sa hallebarde.

PAYSAGE DANS PARIS

Tout dort. Les ponts avec le gaz de leurs lanternes
Se reflètent dans l'eau profonde. Entre les quais,
Voguent péniblement des bateaux remorqués ;
Et voici l'Hôtel-Dieu que flanquent des casernes.

Voyez, se découpant sur des nuages ternes,
Un vague entassement d'édifices tronqués,
De vieux donjons pareils à des géants masqués,
D'ogives, de créneaux, de grilles, de poternes.

C'est l'antique Palais de justice, décor

Noir, la tour de l'Horloge et la flèche aux fleurs d'or

De la Sainte-Chapelle, et cette ombre qui perce

L'ombre nocturne, c'est — ô cruelle Thémis !

Le dôme du nouveau tribunal de commerce,

Champignon monstrueux qui rampe entre deux lys.

EN BOUQUINANT

A ALBERT LENFANT.

Le quai Voltaire est un véritable musée,

En plein soleil. Partout pour charmer le regard,

Armes, bronzes, vitraux, estampes, objets d'art,

Et notre flânerie est sans cesse amusée.

Avec leur reliure ancienne et presque usée,

Voici les manuscrits sauvés par le hasard ;

Puis les livres : Montaigne, Hugo, Chénier, Ronsard,

Ou la petite toile au Salon refusée.

Le ciel bleuâtre et clair noircit à l'horizon.

Le pêcheur à la ligne a jeté l'hameçon ;

Et la Seine se ride aux souffles de la brise.

On bouquine. On revoit, sous la poudre des temps,

Tous les chers oubliés ; et parfois, ô surprise !

Le volume de vers que l'on fit à vingt ans.

LE BATEAU

BROYEUR DE COULEURS.

A OCTAVE FOUQUE.

Je sais, près d'un vieux pont, un bateau lamentable,
Dans l'eau jaune toujours morne et sans mouvement.
On croirait voir, dans un lugubre isolement,
Un moulin fantastique ou quelque immonde étable.

Une roue à l'aspect funèbre, épouvantable,
Est fixée à son bord, comme pour le tourment
D'un nouvel Ixion, et trace lentement,
Lentement, lentement, son orbe insupportable.

C'est l'étrange bateau broyeur ; et de son flanc

Jaillissent les couleurs les plus belles : le blanc

Sans tache, l'indigo, le vert et l'écarlate.   —

Tels nous sommes, broyant le réel et l'impur ;

Et sous nos fronts brumeux, comme une fleur, éclate

La rouge métaphore ou la rime d'azur.

UN TABLEAU

Le ciel est noir de pluie et la rue est mouillée.

Les grands bœufs aux flancs roux, réservés à l'étal,

S'avancent effarés, sous les coups du brutal

Qui s'acharne, en jurant, sur leur croupe souillée.

Où sont les prés en fleur et la verte feuillée,

Les parfums de l'étable et le pays natal ?

Ils ne reverront plus les versants du Cantal,

Ni tes clairs horizons, ô cime ensoleillée !

Les voilà maintenant prisonniers dans Paris.

Ils entendent le bruit des voitures, les cris

Des marchands, le tambour du régiment qui passe.

Mornes et par instinct évitant les trottoirs,

Ainsi que des proscrits, ils marchent tête basse,

Et flairent tristement les prochains abattoirs.

# LE POËTE ET LE PASSANT

LE POËTE.

Où vas-tu, le regard haineux et mécontent?

LE PASSANT.

Je marche devant moi, car je n'ai pas de gîte.

LE POËTE.

Et toi, leste et joyeux, où voles-tu si vite?

LE PASSANT.

Je cours au rendez-vous, ma maîtresse m'attend.

LE POËTE.

Quel est cet homme heureux qui s'éloigne en chantant?

LE PASSANT.

Ma tâche est accomplie. Au repos tout m'invite.

LE POËTE.

Et celui qui se perd dans l'ombre et qui m'évite?

LE PASSANT.

Moi, je veux dans l'orgie oublier un instant.

LE POËTE.

Réponds-moi, beau jeune homme, au pas ferme et sonore.

LE PASSANT.

Mon livre est commencé. Du soir jusqu'à l'aurore
J'étreindrai l'idéal dans un suprême effort.

LE POËTE.

Et toi, dont la main tremble et dont l'œil étincelle?

LE PASSANT.

Poëte, ne sois pas ému. Je vais vers celle
Qui ne trahit jamais. Moi, je vais à la mort.

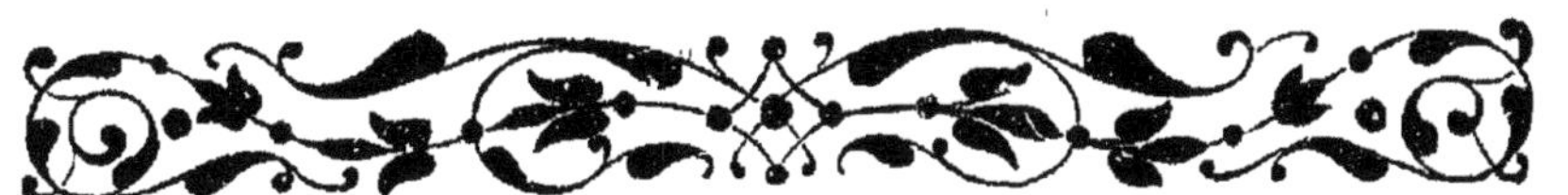

PENDANT LE SIÉGE

Maintenant tout est changé :
Plus noir que les catacombes,
Paris dort au bruit des bombes.
Mars en fureur s'est vengé.

Le Parnasse est ravagé.
Partout le deuil et les tombes.
On tire sur les colombes ;
Et Pégase, on l'a mangé !

Phœbus lui-même est sans verve;

L'Amour chassé par Minerve

Fuit en pleurs loin du combat.

Sous la sanglante bannière

Chaque poëte est soldat,

Et la Muse est cantinière.

LE BONIMENT

D'APRÈS UN TABLEAU DE M. GLAIZE.

« Mesdames et messieurs, entrez, c'est le moment.

Approchez, contemplez le tableau que j'expose.

Ce chaud coloris plaît à l'œil et le repose.

Mesdames et messieurs, regardez ; c'est charmant.

Voici la Guerre, aimable et pur délassement ;

Puis l'Inquisition, suave, aux doigts de rose ;

Puis les joyeux martyrs. C'est donc la même chose,

Toujours ! dira quelqu'un. — Non pas, assurément.

Quoi de plus varié? Billot, potence, hart,

Écartèlement, pal, échafaud, fusillade,

Au choix! Si cependant cela vous semble fade,

On pourra trouver mieux. Le dernier mot de l'art

N'est pas dit. Pour vous plaire on fera des miracles.

A bientôt, messeigneurs. Grands et nouveaux spectacles! »

L'OCÉAN LITTÉRAIRE

Sur la vague qui hurle en mordant les récifs,
Notre brick a longtemps affronté les orages.
Maîtrisant la tempête et bravant les naufrages,
Nos marins sont restés superbes et pensifs.

Les vaisseaux à trois ponts, les Monitors massifs,
Comme de vils canots, ont subi nos outrages,
Et les fiers amiraux, victimes de nos rages,
Ont vu sombrer leurs vieux Léviathans poncifs.

Puis le calme s'est fait. Dans une paix profonde
La flotte littéraire a pu voguer sur l'onde
Sans crainte, et dans l'azur hisser ses pavillons.

Elle oubliait déjà son terrible adversaire.
Nefs, frégates, brûlots, corvettes, galions,
Virez de bord ! — Voici le retour du corsaire.

L'AMOUR

On parlait de l'amour. L'un dit : C'est un vain songe,

Une forme fuyante en de vagues décors.

C'est un monstre caché sous de brillants dehors,

Une mer insondable où toute âme se plonge.

Un autre répondit : L'amour est un mensonge

Inventé pour couvrir les plus grossiers transports,

Manteau d'or étendu sur les haillons du corps.

Un troisième ajouta : C'est un mal qui nous ronge.

Moi, je crois à l'amour comme on croit au bonheur,

A l'idéal, à l'art, au génie, à l'honneur.

Il est le fils divin de la beauté suprême.

Avide d'infini, pur, immatériel,

L'amour ne peut mourir. C'est l'unique poëme

Qu'on chantera toujours en regardant le ciel.

RONSARD

Des bords froids du Danube aux rives de la Loire,

Malgré l'ombre des temps, malgré les envieux,

Le beau nom de Ronsard est jeune et glorieux,

Et la France à genoux vénère sa mémoire.

La Renommée au vol tardif et la Victoire

Tressent des lauriers verts sur son front radieux.

Calme dans son triomphe et fier comme les dieux,

Le poëte aujourd'hui se dresse dans la gloire.

Tel après le combat le vaisseau rentre au port.

Tel sur les monts brumeux où la foudre se tord,

Le sommet un instant voilé par les nuages.

Mais bientôt l'ouragan s'apaise. Dans l'air pur

Les souffles de l'été dispersent les orages,

Et radieux, le pic se dresse dans l'azur.

LE RÉVEIL DES ASTRES

A VICTOR HUGO.

La nuit est souvent noire et funèbre. Les cieux
Semblent déserts. Dans l'ombre une voix éperdue
Appelle, se lamente, et n'est pas entendue,
Et les astres éteints roulent silencieux.

Soudain un clair rayon jaillit victorieux;
Et cette fleur du ciel que l'on croyait perdue,
Vénus, de sa lueur argente l'étendue,
Puis Saturne, puis Mars renaissent glorieux.

Tel, dans ces temps maudits couverts d'un sombre voile
Nous vîmes Hernani briller comme une étoile,
Borgia rayonnant comme un rouge tison ;

Ruy-Blas lança l'éclair de sa lame vermeille.
Mais le matin joyeux sourit à l'horizon,
Et voici Marion de Lorme qui s'éveille.

1873.

MADAME BORDAS

Sous les plis radieux du drapeau tricolore,

J'ai vu la Liberté, déesse aux bras nerveux,

Idéale, dans l'or mouvant de ses cheveux,

Et le regard brûlant du feu qui la dévore.

Le peuple applaudissait sa voix fière et sonore

Et frémissait, vaincu par son geste fougueux ;

Et, comme des enfants, les riches et les gueux

Tremblaient. C'était hier et j'en tressaille encore.

Elle était bien alors *Celle qui ne meurt pas.*

Elle évoquait les jours sanglants, les grands combats,

Et des cris surhumains jaillissaient de sa bouche.

Moi, j'écoutais ce chant formidable, ô Bordas,

Et mon esprit mêlait, dans un rêve farouche,

Les temps de Robespierre et de Léonidas !

1869.

MADEMOISELLE BARETTA

Sa voix est musicale et sa taille est bien prise.
Baretta, le doux nom, est mignonne. Il faut voir
Ce minois fait d'esprit, de candeur et d'espoir.
C'est une Agnès charmante en petite Marquise.

Elle montre son nez et la salle est conquise.
La petite Marquise aura seize ans ce soir.
Elle sort du couvent. Elle veut tout savoir,
Et sa mutinerie enfantine est exquise.

Elle n'ignore pas qu'on doit aimer un jour.

Il faut l'entendre rire ou parler de l'amour

Fort sérieusement, puis brusquement se taire.

Unissant la finesse et l'ingénuité,

Elle sait le secret d'égayer et de plaire,

Et d'être sémillante avec naïveté.

1872.

A

MADEMOISELLE DE BELLE-ISLE

Comme vous avez dû souffrir, Mademoiselle,
Pleurant un fiancé que vous saviez si loin,
Seule. Votre regard, ce douloureux témoin,
Votre voix, vos habits de deuil, tout le décèle.

Le duc de Richelieu prodigue en vain son zèle.
De ces succès de cour vous n'avez pas besoin.
Protéger votre père est votre unique soin.
Candide comme un ange, oh! que vous êtes belle!

Après Mars et Brohan, applaudissons Bernhart,

Ce composé charmant de naturel et d'art,

Qui fait rêver d'amour le théâtre et la ville.

Mais, parmi ces chercheurs d'azur et d'infini,

Hélas ! prenez-y garde, ô Sarah de Belle-Isle,

Combien de Richelieu pour un seul d'Aubigny !

1873.

A LISETTE

Un de ces soirs, j'ai vu jouer le *Légataire*
Universel, j'ai vu Lisette à l'air sournois,
Au regard vif, au frais sourire, au fin minois ;
J'ai vu ses bras, sa gorge... et je ne puis m'en taire.

Si j'étais seulement gentilhomme ou notaire ,
Roué comme Crispin, ou beau comme Dunois,
Si j'avais seulement quelques livres tournois,
Lisette, seriez-vous à mes vœux réfractaire ?

Sur un fin parchemin orné de votre scel,

Je pourrais espérer un legs universel.

Hélas ! Je ne suis rien qu'un rimeur fantaisiste.

Je ne le sais que trop, mais ne puis oublier

Tous vos trésors. Aussi, pardonnez si j'insiste

Pour avoir, entre-vifs, un legs particulier.

1874.

INTIMITÉ

Je te revois enfant sous ton chapeau de paille
Orné d'un frais bouquet de cerises. Souvent
Je vois tes cheveux blonds, comme de l'or vivant,
Et ta résille bleue et ton peigne d'écaille.

Mais le manteau fourré qui te serre la taille
A pour moi plus d'attraits. Et je m'en vais rêvant
De ton voile noué, de ton chignon savant.
Je te revois enfant et femme... et je tressaille.

Aussi pour satisfaire un désir insensé,

Je voudrais, unissant le présent au passé,

Inventer pour nous seuls de profondes ivresses ;

Et, quand j'aurai brisé l'agrafe du corset,

Quand ma bouche ardemment mordra tes blondes tresses,

Dire comme autrefois : Avez-vous lu Musset ?

CONFIDENCE

« Les hommes grands et forts avec leurs airs bravaches,

Ce sont assurément de beaux hommes. Mais moi,

Je n'éprouve jamais le plus léger émoi,

Quand je les vois passer en frisant leurs moustaches.

Leurs mains larges me font songer à leurs cravaches,

Et leur voix d'ouragan me remplirait d'effroi. »

Ainsi tu me parlais en souriant — Pourquoi ?

Quel est le doux secret d'amour que tu me caches ?

Puis tu disais encore : « Oh! comme j'aimerais

Un jeune homme aux cheveux très-blonds, et dont les traits

Sans être beaux sont pleins de charme et de tendresse!

Car dans ce court instant que le ciel a béni,

Rien ne vaut pour guider l'âme vers l'infini

Une petite main blanche qui vous caresse. »

DÉSENCHANTEMENT

Dans le boudoir soyeux j'étais assis près d'elle,

Calme, silencieux et la main dans sa main,

Fier de réaliser mon rêve surhumain,

Heureux de son amour, heureux d'être fidèle.

Légère, ma pensée, ainsi qu'une hirondelle,

S'envolait au hasard sans règle ni chemin,

Ou bien je contemplais ses lèvres de carmin

Et son profil qu'un maître eût choisi pour modèle.

Oh! comme je tremblais qu'un mot ne vînt troubler

Mon bonheur! Je voulais rester là sans parler,

Et savourer longtemps cette exquise indolence.

Mais elle, ne pouvant maîtriser son émoi,

Soudain rompant ce charme intime du silence :

« Tu ne m'aimes donc plus? dit-elle; parle-moi. »

INSOMNIE

Deux heures du matin. Elle m'a dit adieu
Pour toujours... Maintenant la chambre est désolée.
Enfant capricieuse, elle s'est envolée,
Sans un mot de regret, sans me faire un aveu.

Elle m'a dit adieu pour toujours... Est-ce un jeu?
Comme on dit : au revoir. Elle s'en est allée
Froide... et je traînerai ma vie inconsolée
Désormais, loin de son regard limpide et bleu.

Impassibilité de la nuit! O torture

De cet insoucieux repos de la nature!

Sérénité funeste et calme plein d'effroi!

Vers celle qui m'a fui, mon âme en vain s'élance.

Rien, plus rien que la nuit funèbre autour de moi,

Et le bruissement lugubre du silence.

AVEU

Tu l'as donc oublié ce soir à l'Odéon,
Où nous vîmes Schaunard, et Marcel et Rodolphe.
Tu te ris de mes pleurs qui rempliraient un golfe,
Et tu passes au bras d'Arthur ou de Léon.

Tu me disais pourtant, charmant caméléon :
« Je suis bien ta Mimi, je n'aime plus Adolphe. »
Puis, me voilà soudain dépouillé, comme Astolphe,
Et j'erre çà et là, bramant comme Actéon.

Si du moins je faisais du grec comme Colline,

Je m'en irais tout seul, quand le soleil décline,

Confier à la nuit ma peine et mon chagrin.

Hélas! Je ne suis pas un liseur de gazette.

Je ne sais pas le grec et je crains le serein;

Et c'est pourquoi je suis infidèle, ô Musette!

GALANTERIE

Quand le parc sera sombre, au fond de cette allée
Où nos premiers aveux s'envolèrent un soir,
Ravis, comme autrefois, nous irons nous asseoir,
Sous les pâles lueurs de la voûte étoilée.

La fontaine en rocaille est maintenant voilée
Par les roseaux. L'Amour de marbre, étrange à voir
Sous le lierre, paraît tout honteux de savoir
Le mal que nous a fait sa flèche barbelée.

Le lichen a poussé sur son menton d'enfant.

Il ne soulève plus, d'un geste triomphant,

L'arc noirci par le temps et le trait qui s'émousse.

Mais la joie et l'amour brillent dans ton regard,

Et nous rirons tous deux de voir couvert de mousse

Éros, l'archer divin, barbu comme un vieillard.

CAPRICES

SOUPIRS D'UN AMBULANCIER

Le cityse en fleur se balance
Sous les tilleuls entrelacés.
Quittons un moment l'ambulance
Où souffrent nos pauvres blessés.

Mai reverdit. Le canon gronde.

Tous les rossignols sont en voix.

L'obus siffle. O ma douce blonde,

Allons soupirer dans les bois.

Les ramiers font leurs fiançailles.

J'entends les pigeons roucouler,

Et, sur les pavés de Versailles,

Les canons lourdement rouler.

Voyez comme le soleil dore

Les baïonnettes des soldats ;

Les bons gendarmes, dès l'aurore,

Marchent à de nouveaux combats.

C'est charmant. Dans les avenues,

A l'ombre du feuillage épais,

Près des naïades demi-nues,

Dorment les gardiens de la paix.

Dans l'air calme une odeur de poudre

Se mêle aux senteurs des lilas.

Est-ce la mitraille et la foudre

Qui causent entre elles là-bas?

Je ne sais. Mais mon cœur se livre

Au charme de ce gai printemps;

Tout se dilate et se sent vivre

Et les noirs corbeaux sont contents.

Aussi mon cœur, ô tendre femme,

Dont le brassard est teint de sang,

N'a jamais mieux compris ton âme,

Ni ton clair regard innocent;

Et nous irons, sous les grands chênes,

En foulant le gazon fleuri,

Sans songer aux rumeurs prochaines

Venant du camp de Satory.

Puis ce soir, quand la fraîche brise

Gémira dans les marronniers,

Nous aurons encor la surprise

De voir passer les prisonniers.

Versailles, 1871.

A

CELLE QUI RÉCLAME DES VERS

Ne m'accusez pas sans m'entendre,
Madame, Voici mes raisons :
Mon langage est toujours trop tendre
Et mes vers sont de vrais tisons,

Comment tiendrais-je mes promesses?
Je ne sais, en songeant à vous,
Que parler d'amour et d'ivresses
Et de soupirs à vos genoux.

Je ne puis m'oublier moi-même.

Dans mon transport affectueux

Je trouve toujours : je vous aime,

Au lieu d'un mot respectueux.

Quand il faudrait paraître sage,

Je songe, cruel embarras !

Aux splendeurs de votre corsage,

Ou bien aux blancheurs de vos bras.

Voulant peindre votre sourire

Si doux, votre regard charmant,

Je ne puis m'empêcher d'écrire :

Je veux mourir en vous aimant.

Oui, croyez-moi. Laissons les fièvres

Poétiques aux gens blasés ;

Rien ne rime comme deux lèvres.

Les plus doux vers sont les baisers.

RONDEL

Vous vivez au milieu des fleurs

Comme un colibri sur les roses.

J'adore vos lèvres mi-closes

Et vos petits airs batailleurs.

Ignorant le mal et les pleurs,

La vie et ses métamorphoses,

Vous vivez au milieu des fleurs,

Comme un colibri sur les roses.

Vous rendez les hommes meilleurs

En gazouillant de douces choses ;

Vos paroles à peine écloses

Nous font oublier nos douleurs.

Vous vivez au milieu des fleurs,

Comme un colibri sur les roses.

LE PHILTRE

MOI.

L'autre jour je me suis blessé
Au doigt. C'était fort peu de chose.
Vous vîtes couler mon sang rose
Et c'est vous qui m'avez pansé.

« Mettez votre doigt dans ce verre »,
M'avez-vous dit; moi, j'ai souri,
Et soudain vous m'avez guéri
En y versant un peu d'eau claire.

Quel est votre étrange pouvoir?

Pour guérir avez-vous un charme?

ELLE.

J'ai laissé, sans le faire voir,

Tomber dans le verre une larme.

REPROCHE

On dit : Je viendrai. — Puis on ne vient pas.

On fait en riant de belles promesses.

On dit : Voyez l'or de mes blondes tresses.

Nous les dénoûrons ensemble ; et tout bas

On dit : Je viendrai. — Puis on ne vient pas.

L'esprit entrevoit de longues ivresses,

Des baisers sans fin, d'ardentes caresses,

Des frémissements et de grands combats.

Mais tout ce bonheur n'est qu'un rêve. Hélas!

On dit : Je viendrai. — Puis on ne vient pas.

A UNE OUBLIEUSE

Combien de jours, combien d'années,
Combien de siècles écoulés,
Depuis ces heures fortunées
Où sous nos longs cheveux mêlés
Nos lèvres s'unissaient dans l'ombre !

Enfant, vous en souvenez-vous?

Ce temps-là, c'est si loin de nous,

Dans l'oubli de la brume sombre.

Pour me rappeler ce moment,

O femme entre toutes choisie,

Il a fallu ma fantaisie

Et l'ardeur de mon cœur aimant.

Mais vous que tout Paris adore,

Qui voyez naître à chaque aurore

Des fleurs nouvelles sous vos pas,

Enfant, y songez-vous encore?

Non, certes, vous n'y songez pas.

Vous avez raison. Il faut vivre,

Il faut changer, il faut courir.

Il faut jeter bien loin le livre

Qu'on a lu. Le bruit, le plaisir,

La variété, c'est la vie.

On vole ainsi, l'âme ravie,

Vers des pays toujours nouveaux.

On vous encense, on vous envie,

On fait des jaloux, des rivaux.

C'est charmant.

Et qui sait? peut-être,

Quelquefois l'esprit, par hasard,

Comme on regarde à la fenêtre,

Sur le passé jette un regard.

On voit une chambre, petite,

Toute rose, avec un lit blanc,

Un cœur qui près de vous palpite,

Qui vous aime ou qui fait semblant.

On dit : En suis-je bien certaine ?

Juré-je de l'aimer toujours?

Hélas! je m'en souviens à peine.

C'est si loin... Plus de quinze jours !

MADRIGAL

Comme le papillon avide d'étincelles

Autour d'un astre éblouissant,

Je vole autour de toi, je me brûle les ailes

Pour lire dans ton cœur ; mais, je meurs en lisant.

L'ADIEU

Voici le matin, il faut se quitter.

Au revoir, adieu, ma blonde maîtresse.

Encore un baiser rempli de tendresse,

Quand c'est si charmant, pourquoi s'arrêter?

Au revoir, adieu, ma blonde maîtresse.

Les moineaux déjà chantent sur les toits.

Les vilains oiseaux narguent ma tristesse,

Un tendre baiser encore une fois.

Encore un baiser rempli de tendresse.

Tu m'as dit : Je pars. Comment résister ?

Pourquoi fuir ainsi, mon enchanteresse ?

Ne me quitte pas. Reste... Il faut rester !

L'ÉVENTAIL

J'ai retrouvé ton éventail ;
Tu pourras t'éventer encore.
Dans tes mains, enfant que j'adore,
Il brillera comme un émail.

Du Japon c'est un pur travail,
Couleur d'améthyste et d'aurore.
J'ai retrouvé ton éventail ;
Tu pourras l'égarer encore.

Ma chambre se change en sérail.

Ton éventail multicolore,

Ouvert à demi la décore,

Étincelant comme un vitrail.

J'ai retrouvé ton éventail ;

Tu pourras m'en frapper encore.

CHANSON

Pour les amoureuses,
Mon Dieu! quel souci!
Les fleurs sont trompeuses,
Les hommes aussi.

Pour moi, je suis bonne.
Je crois à l'amour,
Et je lui pardonne
S'il m'a fait la cour.

Il m'a dit : Je t'aime.
Voyons. Pourquoi pas
Répondre de même,
Mais un peu plus bas?

J'ai le cœur sensible.
C'est peu comme il faut.
Mais est-il possible
D'être sans défaut ?

Pour les amoureuses,
Mon Dieu ! quel souci !
Les fleurs sont trompeuses,
Les femmes aussi !

LA PÊCHE

SUR UN ALBUM.

Un sonnet sans défaut et pour sujet la pêche,

Ce fruit délicieux aux reflets de velours.

Comment faire un sonnet par ces temps chauds et lourds?

Je crains bien que le sort jaloux ne m'en empêche.

Comme en un clair ruisseau, dans mon cerveau je pêche,

Et la rime, trompeuse ablette, fuit toujours.

Il en est du sonnet comme de nos amours :

Quand on croit le saisir, de fuir il se dépêche.

Une pêche, ce fruit si beau, si parfumé,

Rougissant comme un front d'enfant, presque animé,

Pour la chanter mes vers sont une vile prose.

Au lieu de m'écouter avec recueillement

Et de m'encourager d'un sourire charmant,

Madame, il vaut mieux mordre à sa chair blanche et rose.

INVITATION A LA PROMENADE

Enfin voici le renouveau.

Allons, petite,

Prends ton ombrelle et ton chapeau

Et partons vite.

Voici mon cœur; voici mon bras

Dont tu disposes.

Viens. Nous irons où tu voudras

Cueillir des roses.

Pour fuir de Paris, cet enfer
Qui m'effarouche,
Nous prendrons le chemin de fer
Ou bien la mouche.

Nous irons à Meudon, décor
Plein de bois sombres,
A Saint-Cloud qui sourit encor
Sous les décombres.

N'aimes-tu pas mieux de Chatou
Le paysage?
Bougival, où je devins fou
Sur ton passage?

Quoi! Tu dis que ça n'est pas vrai,
Et tu tressailles!
Irons-nous par Ville-d'Avray
Jusqu'à Versailles?

Mais tu procèdes sans ardeur

    A ta toilette.

Tu prends un petit air boudeur

    Qui m'inquiète.

Ton front pur devient soucieux.

    Cela m'étonne.

« Les champs, dis-tu, c'est ennuyeux

    Et monotone. »

Ce langage est franc, sans détour

    Et sans réplique.

Je le vois, tu n'as pas l'amour

    Mélancolique.

A tes yeux les bois sont suspects,

    Même en peinture.

Tu goûtes peu les grands aspects

    De la nature.

Tu préfères aux grands prés verts
La chambre close,
Seuls, avec un volume en vers
Ou même en prose.

Sous le règne du bon plaisir,
On doit se taire.
Qu'il soit fait selon ton désir
Autoritaire.

Puisque ton cœur n'est pas, ce soir,
Aux rêveries,
Allons un moment nous asseoir
Aux Tuileries.

ÉCHOS LOINTAINS

Sans cesse les beaux jours succèdent aux hivers,
Les hivers aux beaux jours. Dans sa gueule béante
Le temps engloutit tout, et la vague des mers
Vient battre le rocher sans cesse renaissante.

Seuls, nous savons braver cette sévère loi.
Pour nous, comme pour Dieu, chaque heure est éternelle.
O femme, je me sens immuable par toi,
Et toi par mon amour tu te sens immortelle.

Sans souci du passé, sans peur de l'avenir,

Pleins de calme et d'oubli nous voguons sur les ondes.

Nous n'apercevons pas que les eaux sont profondes,

Que le rivage fuit, que la nuit va venir.

Et que nous fait la nuit? Que nous fait le rivage?

Et l'abîme insondable où se baignent les monts?

Si l'éclair menaçant brille dans le nuage,

Si le bord fuit toujours, qu'importe? Nous aimons.

Nous aimons! Les rameurs frappent les eaux dormantes,

Le vent du soir gémit sur les flots apaisés,

Et l'on entend passer parmi ces voix mourantes,

Comme un vol d'alcyons, le bruit de nos baisers.

FANTAISIES

L'ENTRESOL DU PARNASSE

TRIOLETS.

Dans ce poétique entresol,
Hugo règne à côté d'Homère.
Les beaux vers émaillent le sol,
Dans ce poétique entresol.
Sévère ou chantant : mi, fa, sol,
On y voit l'éditeur Lemerre.
Dans ce poétique entresol,
Hugo règne à côté d'Homère.

Là, sans ordre, sont réunis

Tous les jeunes porteurs de lyre.

Chercheurs d'astres et d'infinis

Là, sans ordre, sont réunis;

Enfants que la muse a bénis,

Rimant avant de savoir lire.

Là, sans ordre, sont réunis

Tous les jeunes porteurs de lyre.

Saluons Valade et Mérat

Qui savent dompter les chimères

Sans orgueil et sans apparat.

Saluons Valade et Mérat.

Leurs joyaux à triple carat

Ont le charme des éphémères.

Saluons Valade et Mérat

Qui savent dompter les chimères.

Voici Dierx et d'Hervilly,

Armand Renaud, François Coppée,

Glatigny, rêveur et pâli;

Voici Dierx et d'Hervilly.

Pour guérir un siècle vieilli,

Ils cherchent la pharmacopée.

Voici Dierx et d'Hervilly,

Armand Renaud, François Coppée.

Sully-Prudhomme et Cazalis

Se tiennent près de Lafenestre,

Theuriet compare à des lys

Sully-Prudhomme et Cazalis.

Cazalis venant de Tiflis

Serre la main d'Armand Sylvestre.

Sully-Prudhomme et Cazalis

Se tiennent près de Lafenestre.

On y rencontre aussi Mendès

A qui nul rhythme ne résiste,

Qu'il chante l'Olympe ou l'Adès,

On y rencontre aussi Mendès.

Des Essarts venant de Rhodez

Lui lit un sonnet fantaisiste.

On y rencontre aussi Mendès

A qui nul rhythme ne résiste.

Voyez France, Racot, Ricard

Lisant Rabelais sans glossaire.

Près d'eux se tient le jeune Aicard.

Voyez France, Racot, Ricard.

Quand il parle, Ricot rit, car

Il sait le point où Pangloss erre.

Voyez France, Racot, Ricard

Lisant Rabelais sans glossaire.

Tout tremble : c'est Hérédia

A la voix farouche et vibrante,

Qu'en vain Barbey parodia.

Tout tremble : c'est Hérédia,

Hérédia qu'incendia

Un rayon de mil huit cent trente!

Tout tremble : c'est Hérédia

A la voix farouche et vibrante.

A ces innocents jeux d'esprit

Pardonnez, Leconte de Lisle.

Je vois Banville qui sourit

A ces innocents jeux d'esprit.

Gardons le triolet proscrit

Par La Harpe et l'abbé Delille !

A ces innocents jeux d'esprit

Pardonnez, Leconte de Lisle.

Avril 1870.

HÉLÈNE

AU THÉATRE-FRANÇAIS.

TRIOLET.

Quel triste sort nous mène, hélas !

J'ai vu Favart en belle Hélène ;

Non l'Hélène de Ménélas.

Quel triste sort nous mène, hélas !

Oh ! la sagesse de Pallas !

Où sont les fileuses de laine ?

Quel triste sort nous mène, hélas !

J'ai vu Favart en belle Hélène.

1873.

MONSIEUR VEUILLOT

Dans *l'Univers*, Monsieur Veuillot s'amuse.

Amis, tendons le cou sur le billot.

Monsieur Veuillot veut égorger la Muse.

Qui l'aurait cru du bon Monsieur Veuillot?

Tout fier encor de son vieux javelot,

Sans se douter qu'il s'émousse et qu'il s'use,

Contre la Muse il trame un noir complot.

Dans *l'Univers*, Monsieur Veuillot s'amuse.

S'il fit des vers, il pleure et s'en accuse.

Apollon n'est qu'un maudit parpaillot.

Comme Veuillot, nous sommes sans excuse.

Amis, tendons le cou sur le billot.

La Muse, hélas ! trouve Veuillot vieillot

Et fuit devant sa tête de Méduse.

Scandalisé de la voir sans maillot,

Monsieur Veuillot veut égorger la Muse.

« Ce vautour sombre et noir est plein de ruse, »

Nous dit la Muse, avec un long sanglot,

En revenant rouge et toute percluse.

Qui l'aurait cru du bon Monsieur Veuillot ?

Amis, il faut attacher le grelot

Au cou du dogue enroué qui s'abuse,

Qui prend pour une étoile un vieux falot

Et qui répand une senteur confuse

Dans l'univers.

Gaulois, 1869.

SUR

LES MATINÉES DRAMATIQUES

TRIOLET.

Le théâtre où fleurit Sarcey,

C'est le théâtre de Ballande.

Un temple pour le grand art, c'est

Le théâtre où fleurit Sarcey ;

Où Pagès a fait son essai,

Que La Pommeraye achalande.

Le théâtre où fleurit Sarcey,

C'est le théâtre de Ballande.

1874.

VILLANELLE

DES PARTIS POLITIQUES.

L'Orléanisme est le port.

Que pensez-vous de l'Empire?

Moi, j'incline vers Chambord.

Il faut nous mettre d'accord.

Car tout va de mal en pire.

L'Orléanisme est le port.

Entendons-nous bien d'abord.
Gambetta n'est qu'un vampire.
Moi, j'incline vers Chambord.

Un roi populaire et fort,
Après lui chacun soupire.
L'Orléanisme est le port.

Laissez d'Aumale et Lefort.
Que le bon Dieu vous inspire.
Moi, j'incline vers Chambord.

Cher ami, vous avez tort.
La foi monarchique expire.
L'Orléanisme est le port.

Ah ! craignez celui qui dort
Dans le pays de Shakspeare.
Moi, j'incline vers Chambord.

La République est un fort

Bien difficile à détruire.

L'Orléanisme est le port.

Moi, j'incline vers Chambord.

1873.

FRÉDÉRICK LEMAITRE

Frédérick est toujours le maître,

Comme un pirate sur son brick.

Dans chaque drame il faut le mettre.

Frédérick est toujours le maître.

Pour dompter la prose et le mètre,

Adressez-vous à Frédérick.

Frédérick est toujours le maître,

Comme un pirate sur son brick.

1874.

LA TIMBALE D'ARGENT

TRIOLET.

Muller a su plaire à Judic,

Sans le lui prouver, tout l'indique.

Pour juge elle a pris le public.

Muller a su plaire à Judic.

Puis il a fui comme Jud, *hic*

Est delictum, c'est juridique.

Muller a su plaire à Judic,

Sans le lui prouver, tout l'indique.

1872.

HÉLOÏSE ET ABÉLARD

Geoffroy rase Luce, ô Milher !

Quel rasoir ! J'ai froid quand j'y pense.

Litolff n'en a pas omis l'air.

Geoffroy rase Luce, ô Milher !

Milher avait d'un ami l'air,

Mais il songeait à la vengeance.

Geoffroy rase Luce, ô Milher !

Quel rasoir ! J'ai froid quand j'y pense.

1872.

LA CHANSON DU CHANDELIER

AU THÉATRE-FRANÇAIS.

Si vous croyez que je vais dire
Qu'ils sont trop vieux,
On m'accuserait de médire.
Non, faisons mieux.

Chantons la beauté souveraine.
Disons tout bas
Que Madeleine est une reine
Aux fiers appas.

Delaunay sait l'art de suspendre
Le vol du temps.
Sa voix mélodieuse et tendre
N'a que vingt ans.

Bressant fait un beau capitaine.
Bleu, rouge et noir.
Thiron seul a la soixantaine
Sans le savoir.

Mais celle dont l'étroit corsage
Sut me charmer,
Je veux finir, pour être sage,
Sans la nommer.

Juin 1872.

LE GRAND FAUST

Après Nilsson, j'écoute Hisson,

Mais je n'entends pas Marguerite.

Sans rêverie et sans frisson,

Après Nilsson, j'écoute Hisson ;

Et je m'écrie : Éléison,

Carvalho, revenez bien vite.

Après Nilsson, j'écoute Hisson,

Mais je n'entends pas Marguerite.

1869.

LES DRAMATURGES

Dennery, Bourgeois et Dugué
Sont les trois pilotes du drame.
Venez voir du triste et du gai,
Dennery, Bourgeois et Dugué.
Ils fendent, sans souci du gué,
Les flots du drame à toute rame.
Dennery, Bourgeois et Dugué
Sont les trois pilotes du drame.

1868.

DE *LA MOUCHE*

RONDEAU.

La mouche vole effleurant toute chose,

Lissant sa patte aux feuilles d'une rose,

Puis bourdonnant dans son vol inégal,

Piquant parfois ou faisant son régal

Des doux parfums d'une fleur demi-close.

Sans redouter frimaire ou pluviôse,

Elle va, vient, jamais ne se repose,

Et c'était bien le nom de ce journal,

La Mouche,

Aussi, fuyant l'alexandrin morose,

Vous imprimez vers légers, vive prose.

Mon long poëme, affrontant l'idéal,

Vous a fait peur. Vraiment ce serait mal

Si je prenais pour si futile cause

La mouche.

1867.

GUYOT-MONTPAYROU

TRIOLET.

J'accours, dit Guyot-Montpayrou,
D'Auvergne par la Haute-Loire.
La Chambre sera mon Pérou...
J'accours, dit Guyot-Montpayrou,
Et je m'en vais, ô mon père, où
Vont les hommes nés pour la gloire.
J'accours, dit Guyot-Montpayrou,
D'Auvergne par la Haute-Loire.

1869.

LIBRES PENSEURS

Malgré Veuillot et Riancey,

Respectons la libre pensée.

Vulpian me paraît sensé

Malgré Veuillot et Riancey.

Littré n'est pas influencé,

Que sais-je ? dit en riant Sée.

Malgré Veuillot et Riancey,

Respectons la libre pensée.

1868.

LES CONCERTS POPULAIRES

Nous reviendrons à Pasdeloup,

Où se pressent les élégantes :

Jolis minois et pas de loup.

Nous reviendrons à Pasdeloup.

Puis nous suivrons à pas de loup

Ces coquettes un peu fringantes.

Nous reviendrons à Pasdeloup,

Où se pressent les élégantes.

1874.

LE VAUDEVILLE

TRIOLET.

Essler, Massin, Bartet, Neveux,

Jouent dans les pièces de Barrière.

Je pourrais chanter, mais ne veux,

Essler, Massin, Bartet, Neveux.

Charmant nos fils et nos neveux,

Du boulevard à la barrière,

Essler, Massin, Bartet, Neveux,

Jouent dans les pièces de Barrière.

1874.

LA JEUNESSE DE LOUIS XIV

EN TRIOLETS.

NOËL MARTIN, tapissier du roi.

Tout pour les cors et les décors.

Qu'à ce bruit l'Odéon s'effare.

Oyez, bourgeois, ces longs accords.

Tout pour les cors et les décors.

Des limiers, des piqueux, des cors ;

Holà ! Néraut. Holà ! Fanfare.

Tout pour les cors et les décors.

Qu'à ce bruit l'Odéon s'effare.

BARETTA. — GEORGETTE.

Souriant devant Baretta,

Le grand Roi n'est plus redoutable,

Ni celui qui la barette a,

Souriant devant Baretta.

Nul obstacle ne l'arrêta.

Elle sort de dessous la table.

Souriant devant Baretta,

Le grand Roi n'est plus redoutable.

BROISAT. — HENRIETTE.

Pleurer toujours, tel est mon-sort.

Je suis douce, tendre, inquiète.

Partout la douleur et la mort.

Pleurer toujours, tel est mon sort.

Je me lamente sans effort.

Mimi renaît dans Henriette.

Pleurer toujours, tel est mon sort.

Je suis douce, tendre, inquiète.

LAFONTAINE. — MAZARIN.

Oun prince est quelquefois zénant,

Mais il est touzours inoutile,

Quand il est détrôné. Régnant,

Oun prince est quelquefois zénant.

Il est plous et moins qu'oun manant.

Le protézer serait foutile.

Oun prince est quelquefois zénant,

Mais il est touzours inoutile.

ANTONINE. — DUC D'ANJOU.

Page ou duc, toujours Chérubin,

Je suis un homme presque femme ;

Pas plus effrayant qu'un bambin,

Page ou duc, toujours Chérubin.

J'aurais séduit Suzanne au bain,

Tout comme une autre grande dame.

Page ou duc, toujours Chérubin,

Je suis un homme presque femme.

PETIT. — MANCINI.

Guiche, vous possédez mon cœur.

Mais il est si beau d’être reine.

Adieu, mon amant, mon vainqueur.

Guiche, vous possédez mon cœur.

Ayez pitié de ma langueur.;

Que l’amour nous cause de peine!

Guiche, vous possédez mon cœur.

Mais il est si beau d’être reine.

POREL. — MOLIÈRE.

Bruits de cours et de basses-cours,

Tout cela trouble le poëte.

Adieu, faux amours, faux discours,

Bruits de cours et de basses-cours.

Je veux rire, ou suivre le cours

D’une onde paisible et discrète.

Bruits de cours et de basses-cours,

Tout cela trouble le poëte.

LA LIBERTÉ DES THÉATRES

Tout à l'entour de Poquelin,

Les ennemis sont en furie,

Sauvons Molière, je vous prie !

Plessy, Régnier et Coquelin,

Confondez leur effronterie.

Sauvons Molière, je vous prie !

Prenez Augier, Laya, Sardou,
Feuillet avec sa confrérie.
Laissez Molière, je vous prie !
Si m'en croyez, retournez d'où
Vous venez, Chine ou Sibérie.
Laissez Molière, je vous prie !

Bientôt on verra Mourawief
Costumée en ballet-féerie ;
Sauvons Molière, je vous prie !
Jouer Tartuffe avec trois f.
Mais où s'en va ma raillerie ?
Sauvons Molière, je vous prie !

Figaro, 1864.

JEAN-QUI-RIT

TRIOLETS.

Un journal littéraire à Pau,
C'est un essai très-fantastique.
Avec le rire pour appeau,
Un journal littéraire à Pau !
Sans timbre, sans aucun drapeau,
Ni financier, ni politique,
Un journal littéraire à Pau,
C'est un essai très-fantastique.

Pau devient faubourg de Paris;

A nous Houssaye, à nous Banville!

A nous les chants, les jeux, les ris.

Pau devient faubourg de Paris.

Comme Hélène charma Pâris,

Paris va charmer notre ville.

Pau devient faubourg de Paris.

A nous Houssaye, à nous Banville!

Pour vous, frileuses et frileux,

J'écris ces vers de fantaisie.

Vous gardez les horizons bleus

Pour vous, frileuses et frileux.

Mais sous un ciel tout nébuleux,

Mon soleil est la poésie.

Pour vous, frileuses et frileux,

J'écris ces vers de fantaisie.

1866.

LA POMME

AU THÉATRE-FRANÇAIS

RONDEAU REDOUBLÉ.

A Théodore de Banville.

Vers ce beau fruit au doux parfum de myrrhe
Va bourdonnant un ténébreux essaim.
Il gronde, il siffle, en vain — Paris admire.
La pomme brille aux lèvres de Ponsin.

Gautier poëte en trace un pur dessin.

Janin séduit en fait son point de mire.

Ces délicats se posent à dessein

Vers ce beau fruit au doux parfum de myrrhe.

Mais un critique aux griffes de vampire

Vient le souiller de son souffle assassin.

Vers sa chair rose où le soleil se mire,

Va bourdonnant un ténébreux essaim.

Sarcey s'écrie : Est-ce figue ou raisin?

Ce fruit vient-il de Chine ou de Palmyre?

Qu'en pense About? Mon esprit est-il sain?

Il gronde, il siffle, en vain — Paris admire.

Sur son trépied, laissant couler son ire,

Ulbach se dresse en se frappant le sein.

« Les Dieux s'en vont ; j'ai vu Cypris sourire. »

La pomme brille aux lèvres de Ponsin.

Calme et vainqueur, sur ton moelleux coussin,

Poëte aimé, tu nargues la satire.

Mercure est fier de son nouveau larcin.

Pour moi, je cède au charme qui m'attire

Vers ce beau fruit.

L'Artiste, 1865.

FINALE

———

LE LONG DES QUAIS

Par les matins d'été, le long du quai Voltaire,
Bien souvent je surprends la ville à son réveil.
Tout est calme, et j'éprouve un plaisir sans pareil
A cheminer ainsi rêveur et solitaire.

Parfois j'entends au loin la marche militaire
Du régiment qui passe à l'horizon vermeil,
Et m'enivrant de joie intime et de soleil
J'aspire à pleins poumons l'air pur et salutaire.

Tout est scintillements, parfums et floraisons.

Les jardins réjouis sont remplis de chansons,

Et les feuillages verts triomphent des blancs marbres.

Évoquant mon enfance et mes vallons chéris,

Je ne vois plus que l'onde et le ciel et les arbres,

Et je songe à l'Auvergne en flânant dans Paris.

TABLE

CAPRICES.

FANTAISIES.

IMPRIMÉ PAR J. CLAYE

POUR

ALPHONSE LEMERRE, ÉDITEUR

A PARIS